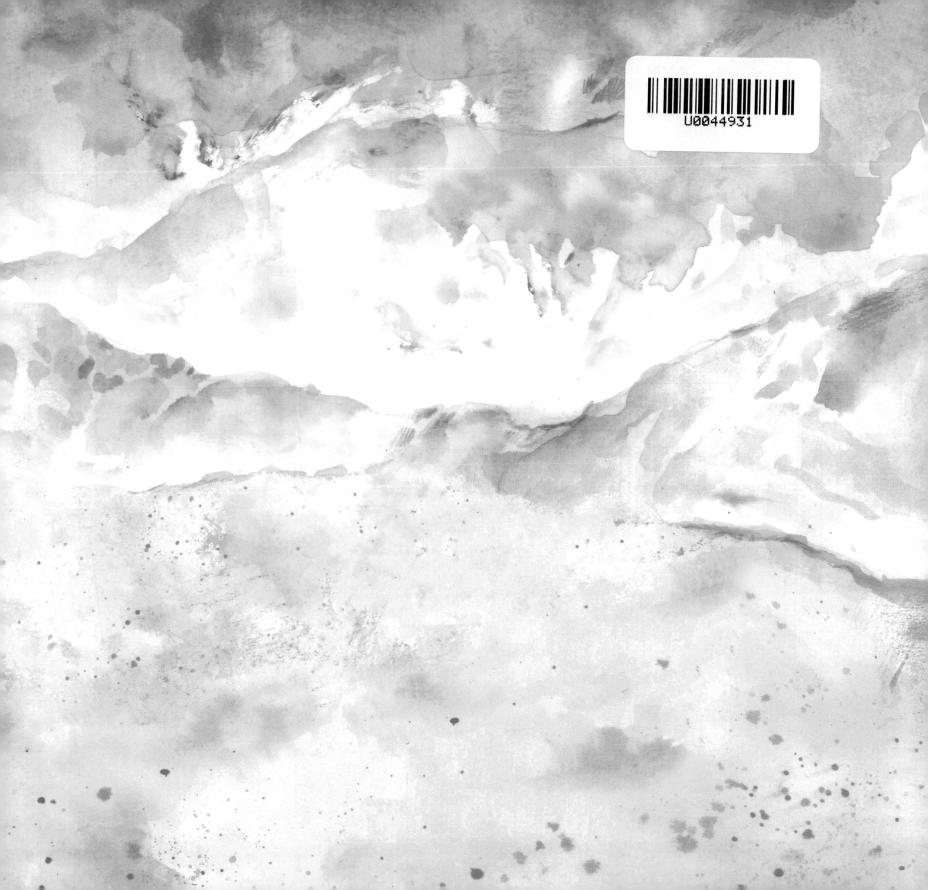

本書所有盈餘將捐至台灣早產兒基金會

小貝殼

林星妤 / 著

陳景婧 / 繪

欽成營造股份有限公司出版

04-2254-9333

407 台中市西屯區市政路 402 號 25 F-5

© Ching Cheng Construction Co., Ltd , 2024

初版/2024 年 6 月

ISBN 978-626-98742-1-7

小貝殼

林星妤 / 著

陳景婧 / 繪

一個寧靜的三月早晨，天空是一幅藍白色的畫布，陽光灑
在蔚藍的愛琴海上。

伊卡，一隻從彩虹的另一端來的送子鳥，在波光閃爍的海
面上翱翔，潔白的羽毛在風中飄揚。他口中的竹籃裡帶著
一份珍貴的禮物，是一個即將與這個世界相遇的小寶貝。

突然間，烏雲聚集，雷聲像憤怒的巨人一樣咆哮，閃電劃過天空，劃出一道長長的傷口，
湧出的雨水嘩啦嘩啦地拍打著大海。

伊卡竭盡全力地拍著翅膀，閃躲著一顆顆斗大的雨滴，忽然間一陣狂風襲來將他捲入
了海中，小小的竹籃在海上載浮載沉，冰冷的浪花不停地拍打著它。

竹籃裡微弱的哭聲被鹹鹹的海風帶到了在海浪下的美人魚耳裡，她們安撫的歌聲輕拂哭泣的孩子，每個音符彷彿都有神奇的力量，溫柔地擁抱著竹籃。在洶湧的海浪中，美人魚們將竹籃推向柔軟的沙灘。

時間好像是靜止的

島上恢復了往常的平靜，麻雀們吱吱喳喳地交換來自各地的新聞。

「伙計們快來看，海上漂來了一個籃子！」海鷗一聲喝令。

「遵命，船長！」麻雀們圍著竹籃，好奇地打量著微微顫動的針織毯子。

「我的老天！是個好小好小好小的小男孩！」
看著只有貝殼大的孩子，麻雀們驚呼。
小男孩全身覆蓋著金色的毛，雙眼緊閉，
虛弱地發出像小貓一樣的聲音，哭的力氣也沒有。
每時每刻都是一場生存之戰，他的每一次呼吸都是一場勝利。
微弱卻充滿了不屈的決心。

船長小心翼翼地叼起竹籃，安置在一棵古老的橄欖樹下。樹枝交織在一起，
形成一個遮蔽的天篷，粗糙紮實的樹根擁抱著大地。
小男孩在溫暖的陽光下安然入睡。

『小貝殼。』

『星期天。』

『小奇蹟。』

『普魯斯特，他皺在一起的眉眼像極了大文豪普魯斯特！』麻雀們熱烈地為小男孩起名字。

『他叫愛力，期許他有力量和勇氣』橄欖樹低沈渾厚的聲音像一陣溫柔的風。

麻雀們爲愛力收集早晨的花蜜，
而船長帶來治癒的泉水。
結實的橄欖枝成爲愛力的搖籃，
當他輕輕搖擺時，茂密的葉子發出颯颯聲，撫慰著不安的孩子。
愛力那雙小手，緊緊握住橄欖枝，努力地活著。

日復一日，規律的海浪聲陪伴著愛力入睡。
貓頭鷹靜靜的守護他，確保他有個好夢。

充滿生機的春日裡，愛力和俏皮的松鼠在長出嫩芽的樹間玩耍。
雪花紛飛的冬日裡，愛力和狐狸一同尋寶，在雪地上留下快樂的腳印。

漸漸的，愛力的笑聲比船長還要宏亮，他的小腳跑得比梅花鹿還快。

看著一天天長大的孩子，橄欖樹銀色的葉子開心的在風中跳舞。

愛力最喜歡賴在橄欖樹上，那裡總有聽不完的故事。

「我永遠會是這麼小嗎？」愛力好奇地問，他總有問不完的問題。

橄欖樹微笑地說：「孩子，有一天你會長得像我一樣高，像我一樣壯。你只需要耐心的等待，就像時間到了，我的枝上會結出滿滿的果實。」

在橄欖樹的教導下，愛力了解了這世界的奧祕，學會了星星的語言並讀懂風捎來的訊息。

海風中帶著陣陣迷迭香的香氣，愛力那雙琥珀色的大眼睛看著遠方的地平線，潔白的小臉飄滿了傍晚的紅霞。

「孩子，是時候回家和你的爸爸媽媽團圓了。」橄欖樹說。

愛力驚喜地問：「我的爸爸媽媽一直在等著我嗎？」小臉上綻放開心的笑容，愛力笑的時候他的眼睛也會笑。

「是的，他們深信著有一天你會找到回家的路，不論晴天雨天，他們像燈塔守在岸邊等待著你。」橄欖樹告訴愛力，他的爸爸媽媽居住的島上，有著被陽光烤得紅紅的紅瓦房與高高低低的石頭鐘塔。每天早上會響起悠揚的鐘聲，指引他回家的方向。

「這麼遙遠的地方，我要如何到達？」

愛力帶著一絲嚮往，抬頭問道。

「用我的枝幹做一艘船，我會陪著你。」

橄欖樹接著說：

「當初那個貝殼大的孩子經過重重考驗，已經成為強壯的大男孩。

人生是一場冒險旅程，親愛的愛力，你是勇敢的探險家，願你在這場

冒險中發現自己的力量，勇敢面對每個浪潮。」

一個清新的早晨，金色的陽光把愛琴海塗成了千種藍色。
愛力道別了陪伴他成長的朋友們，帶著大家的祝福啓航。

一路上，愛力乘風破浪，頑皮的海豚在他的船邊跳躍。

繁星點點的夜晚，美人魚閃閃發光的尾巴優雅地引領著愛力。

愛力穿越了狂風暴雨，也發現了美麗的無人島。

終於，
地平線上浮現一座朦朧的島嶼，
輕薄的霧氣中，晨曦映照在一片紅瓦房上，散發著溫暖的光芒。

島上各地的鐘聲，有的清脆，在空中跳躍；有的低沈，像是島的心跳；
有的宏亮，充滿生命的活力，交織成一曲交響樂，響遍了海上。
當船駛近岬灣時，愛力看見兩個燈塔忠實地矗立在岸邊。

這一刻，
曾經無數個沒有闔眼的夜晚，
風吹雨淋的痕跡，
都顯得微不足道。
眼淚化爲一顆顆珍珠。

「愛力，再苦再累，爲你千百回。」
是一個承諾，一種超越時間和距離的愛。
愛力的爸爸媽媽把他抱得好緊好緊，再也不分開。

用滿滿的愛將這本書獻給林志曦

創作的原點

當生活變得沈重時，想像力可以帶著我們飛向更美好的地方。《小貝殼》起始於新生兒加護病房。我們的孩子提早來到這世上，當初，看著只有手掌大的孩子，身上連接著各種機器，小小的臉埋在呼吸器裡，我們的心繫於孩子的一呼一吸，不敢想像未來。等待每天的 10:30 和期待隔天的 10:30，生活的全部都凝聚在每天 30 分鐘隔著保溫箱跟孩子說話，握著他的小手，感受他的溫度，感受生命的脆弱與強大同時存在。他即將要一歲了，他的每個笑容一點一點的帶走加護病房機器嗶嗶聲焦躁的回憶。孩子，謝謝你這麼勇敢地抓住生命，你的到來完整了我們的家庭。感謝中國醫藥學院婦產科與新生兒科團隊，您們為我們的孩子帶來了最珍貴的禮物——活著的機會。謝謝您們的不懈努力，創造了這個奇蹟。

這是一個關於生命奇蹟、愛與堅持的故事，雖然一開始是一場沒有明天的夢魘，過程中充滿各種考驗，最終小男孩收穫珍貴友情並在朋友們的愛護下成長茁壯。就像種了需要陽光的溫暖、雨水的滋養和大地的擁抱才能長成樹一樣，生命中的一切都需要愛才能茁壯。

故事要傳達一個信念——生命的奇蹟可能隱藏在挑戰的背後，只要我們不放棄，整個世界都會聯合起來幫助我們，就像故事中島上的動物和橄欖樹。橄欖樹更是象徵著生命力、智慧、友誼、奉獻，它屹立不搖，陪伴著孩子度過年年歲月。故事的另一個層面是期許每個孩子都能在人生的波濤中找到自己的方向，並在被巨浪推起的瞬間，感受飛翔的美好。而爸爸媽媽永遠是孩子的燈塔，在晴天時默默守護，在風雨中照亮迷茫的路，給予孩子無條件的愛。

這個故事適合 8-10 歲的兒童閱讀。愛力的成長故事可以啟發孩子們對生命、愛和勇氣的思考。同時這也是一個寫給父母的故事。故事中，愛力的父母每天注視著大海，期待著孩子的消息，但孩子的身影卻遲遲未出現。鐘聲回響著孩子的缺席，他們默默承受風雨中的漫漫等待，他們的信念如不滅的燈塔。終於有一天，他們等到了愛力的歸來。當您和您的孩子一起閱讀這個故事時，希望您也可以體會到愛力與父母團聚時的深切幸福。

作者介紹

作者畢業於波士頓大學及 ESSEC 商學院，主修商管與法國文學。並於巴黎羅浮宮美術學院攻讀藝術史。從追求一切美的事物，在馬背上自由馳騁於森林的女孩，變成兩個孩子的媽媽後，對兒童文學產生了濃厚的興趣，並成功取得日內瓦大學兒童心理學證書。《小貝殼》是作者的第一本創作，另著有 Mommy Says。對作者而言，最大的幸福莫過於能夠為孩子們朗讀自己的創作。

繪者介紹

插畫家陳景婧，畢業於倫敦大學金史密斯學院的兒童插畫專業。個人網站 www.jingjingchen.net。她經常從自然世界和動物中汲取靈感，擅長用色粉和彩鉛來描繪鮮豔的色彩。她的插畫吸引觀眾進入異想天開，充滿童趣的世界。